La Sopa del Sábado de Abue

Grandma's Saturday Soup

Written by Sally Fraser

Illustrated by Derek Brazell

Spanish translation by Marta Belén Sáez-Cabero

El lunes por la mañana Mamá me despertó temprano.
"Levántate, Mimi, y vístete para ir a la escuela".
Salí de la cama, somnolienta y cansada, y abrí las cortinas.

Monday morning Mum woke me early.
"Get up Mimi and get dressed for school."
I climbed out of bed all sleepy and tired,
and pulled back the curtains.

Hacía una mañana fría y nublada.
Las nubes del cielo eran blancas y esponjosas.
Me recordaban las bolas de masa en la Sopa
del Sábado de Abuelita.

The morning was cloudy and cold.

The clouds in the sky were white and fluffy.

They reminded me of the dumplings in Grandma's Saturday Soup.

Abuelita me cuenta historias sobre Jamaica cuando voy a su casa.

Grandma tells me stories about Jamaica when I go to her house.

"En Jamaica, las nubes traen lluvias torrenciales.
Es como si alguien abriera el grifo en el cielo.
La cálida brisa se las lleva y el sol sale de nuevo".

"The clouds in Jamaica bring the heaviest rain.

It's like someone has turned the tap on in the sky.

The warm breeze moves them on and the sun comes out again."

El martes por la mañana Papá me llevó a la escuela.
Hacía frío y todo estaba cubierto de escarcha;
había nevado por la noche.

Tuesday morning Dad took me to school.
The day was cold and crisp; it had snowed in the night.

La nieve es blanca y suave como una rodaja de ñame.
Igual que el ñame en la Sopa del Sábado de Abuelita.

It's white and smooth and looked like the inside of a sliced yam.
Just like the yam in Grandma's Saturday Soup.

Abuelita me explica que la arena fina y blanca de las playas se parece a la nieve recién caída, pero nunca está fría.

Grandma tells me that the white powdery sand on the beaches looks like fresh snow but it's never cold.

BREEZY

Me pregunto si podría hacer un
muñeco con la blanca arena.
¿No sería divertido?

I wonder if I could make a sandman with the white sand?
Wouldn't that be funny?!

El miércoles nevó aún con más intensidad.
Hacía frío pero yo iba bien abrigada.
Abuelita me cuenta historias sobre Jamaica
cuando voy a su casa.

Wednesday the snow fell harder. It was cold but I was wrapped up warm.

Grandma tells me stories about Jamaica when I go to her house.

"El sol brilla todos los días. El sol calienta tu piel y sólo necesitas tus pantalones cortos y una camiseta".

¿Que hace calor todos los días? ¿Que sólo necesitas pantalones cortos y una camiseta? No puedo creérmelo.

"The sun shines every day. The sun is warm on your skin and you only need to wear your shorts and a T-shirt."

Warm every day? Shorts and T-shirt? I can't believe that.

Por la tarde, en el recreo, tuvimos
una batalla de bolas de nieve.

At afternoon play we made snowballs
and threw them at each other.

The snowballs remind me of the round soft potatoes in Grandma's Saturday Soup.

Las bolas de nieve me recordaron las patatas blandas y redondas en la Sopa del Sábado de Abuelita.

El jueves fui a la biblioteca después de la escuela
con mi amiga Layla y su mamá.

On **Thursday** I went to the library
after school with my friend Layla
and her Mum.

Al pasar por el parque vimos cómo los pequeños bulbos comenzaban a crecer. Los pequeños brotes verdes asomaban en la nieve. Se parecían a las cebolletas frescas de la Sopa del Sábado de Abuelita.

As we passed the park we saw the little bulbs starting to grow. The little green shoots poked through the snow. They looked like the spring onions in Grandma's Saturday Soup.

Grandma tells me about the wonderful plants and flowers in Jamaica.
"In Jamaica the most beautiful flowers grow wild.
They are all different colours and sizes
and their smell fills the air."
I've never seen flowers like that before,
I wonder if she's only joking?

Abuelita me habla de las maravillosas plantas y
flores de Jamaica.
"En Jamaica las flores más bonitas crecen
silvestres. Las hay de todos los colores y tamaños,
y su olor embriaga el aire".
En mi vida he visto flores así. Me pregunto si
habla en serio.

El viernes a Mamá y Papá se les hace tarde para ir a trabajar.
"Date prisa, Mimi, elige una fruta para llevar a la escuela".

On **Friday** Mum and Dad are late for work.

"Hurry Mimi, choose a piece of fruit to take to school."

Miré al frutero lleno de fruta.
No sabía qué fruta elegir: ¿una naranja, una manzana o una pera?
La manzana y la pera; sus colores y formas me recordaban
el chayote en la Sopa del Sábado de Abuelita.

I looked at the bowl full of fruit.

Should I choose an orange, an apple or a pear?

The apple and pear; their colour and shape remind me

of the cho-cho in Grandma's Saturday Soup.

Abuelita me habla de las frutas de Jamaica.
"En Jamaica puedes ir andando a la escuela y coger la fruta
directamente de los árboles, por ejemplo, un mango maduro,
muy jugoso y dulce".

Grandma tells me about the fruits in Jamaica.

"In Jamaica you can walk to school and pick a piece of fruit

from a tree, a ripe mango all juicy and sweet."

Después de la escuela, como premio por las buenas notas, Mamá y Papá
me llevaron al cine.
Cuando llegamos allí, el sol brillaba, pero todavía hacía frío.
Creo que la primavera ya se acerca.

After school, as a treat for good marks, Mum and Dad took me to the cinema.

When we got there the sun was shining, but it was still cold.

I think springtime is coming.

La película fue estupenda, y cuando salimos estaba atardeciendo en la ciudad.
El sol era grande y naranja igual que la calabaza en la Sopa del Sábado de Abuelita.

The film was great and when we came out the sun was setting over the town.
As it set it was big and orange just like the pumpkin in Grandma's Saturday Soup.

Abuelita me habla de los amaneceres y las puestas de sol en Jamaica.
"El sol sale temprano y hace que te sientas bien y listo para afrontar el día".

Grandma tells me about the sunrise and sunsets in Jamaica.
"The sun rises early and makes you feel good and ready for your day."

"*Cuando el sol se pone, sale la luna seguida por un millón de estrellas que parecen diamantes centelleando en el cielo nocturno*".
Un millón de estrellas… Ni siquiera puedo imaginarme tantas.

"*When it sets and the moon comes out she is followed by a million stars that look like diamonds twinkling in the night sky.*"
A million stars, I can't even imagine that many.

El sábado por la mañana fui a mi clase de baile.
La música era lenta y triste.

Saturday morning I went to my
dance class. The music was slow
and sad.

Abuelita me habla de los ritmos de la música calipso y los tambores de metal, de la gente que toca a la sombra de un árbol. Un maravilloso árbol con largas hojas que se parecen a las tiras de piel de un plátano verde.
"La música hace que te sientas feliz y que quieras bailar".

Grandma tells me about the rhythms of calypso music and steel drums, of people playing under the shade of a tree. A wonderful tree with long leaves that look like the strands of skin from a green banana.
"The music makes you happy and want to dance."

Mamá me recogió después de la clase. Fuimos en coche. Tomamos la carretera y pasamos por delante de mi escuela. Al llegar al parque giramos a la izquierda y dejamos atrás la biblioteca. Atravesamos la ciudad, y al llegar al cine ya no faltaba mucho para llegar.

Mum picked me up after class. We went by car.
We drove down the road and past my school. We turned left at the park and on past the library. Through the town, there's the cinema and not much further now.

Tenía hambre. Mucha hambre. Por fin llegamos a casa de Abuelita.

I was hungry. Really hungry. At last we arrived at Grandma's.

Corrí hacia la puerta de entrada y pude oler algo delicioso. Eran plátanos verdes, chayote y ñame, bolas de masa, patata y calabaza…

I ran to the front door and could smell a delicious smell. It's green bananas, cho-cho and yams, dumplings, potato, and pumpkin...

cebolletas frescas, pollo, una buena
pizca de condimentos del país de
Abuelita y mucho caldo de pollo.
¡Era la Sopa del Sábado de Abuelita!

spring onions, chicken, a good pinch of Grandma's
country seasoning and a lot of chicken stock.
It's Grandma's Saturday Soup!

El domingo unos amigos vinieron a cenar a nuestra casa.
Mamá y Papá son buenos cocineros, su comida está rica, pero mi comida favorita en todo el mundo sigue siendo la Sopa del Sábado de Abuelita.

On **Sunday** we had friends at our house for dinner.

Mum and Dad are good cooks, their food is nice but my favourite

food in the whole wide world is **Grandma's Saturday Soup.**